CB000852

OS CEM MENORES CONTOS BRASILEIROS DO SÉCULO

OS CEM MENORES CONTOS BRASILEIROS DO SÉCULO

CEM ESCRITORES BRASILEIROS DO SÉCULO XXI.
CEM MICROCONTOS INÉDITOS. + 3 MICROBÔNUS

Organização: Marcelino Freire

Dados Internacionais de Catalogação na Publicação (CIP)
(Câmara Brasileira do Livro, SP, Brasil)

Os cem menores contos brasileiros do século : cem
escritores brasileiros do século XXI /
organização Marcelino Freire. -- Cotia, SP :
Ateliê Editorial, 2023. -- (5 minutinhos)

Vários autores

ISBN: 978-65-5580-105-7

1. Contos brasileiros. I. Freire, Marcelino. II. Série.

23-151301 CDD-B869.3

Índices para catálogo sistemático:
1. Contos: Literatura brasileira B869.3
Tábata Alves da Silva - Bibliotecária - CRB-8/9253

Editor: Plinio Martins Filho
Projeto Editorial: Marcelino Freire
Projeto Gráfico: Silvana Zandomeni

Estrada da Aldeia de Carapicuíba, 897 – 06709-300
Granja Viana – Cotia – São Paulo – Brasil
Tels.: 11 4612-9666 | 4702-5915 – contato@atelie.com.br
www.atelie.com.br | blog.atelie.com.br
instagram.com/atelie_editorial | facebook.com/atelieeditorial

Impresso no Brasil / Printed in Brazil 2023 / Foi feito o depósito legal

No princípio era o Verbo.

JOÃO 1:1-3

QUANDO ACORDOU,
O DINOSSAURO AINDA ESTAVA LÁ.

AUGUSTO MONTERROSO

O mais famoso microconto do mundo, acima, tem só 37 letrinhas. Inspirado nele, resolvi desafiar cem* escritores brasileiros, deste século, a me enviar histórias inéditas de até cinquenta letras (sem contar título, pontuação). Eles toparam. O resultado aqui está. Se "conto vence por nocaute", como dizia Cortázar, então toma lá.

MARCELINO FREIRE

* Nesta edição, + 3 microcontos inéditos:
Lygia Fagundes Telles, Reinaldo Moraes e Reynaldo Damazio.

UM PREFÁCIO EM CINQUENTA PALAVRAS

É no lance do estalo que a cena toda se cria.
Na narrativa e na poesia.
Alguém já disse, poesia é uma frase
ou duas e uma paisagem inteira por trás.
Nesse volume, a prova:
conto também, em número de cem.
São pílulas ficcionais, e das melhores.
Você aí, divirta-se!

ITALO MORICONI
organizador de *Os Cem Melhores Contos Brasileiros do Século* (editora Objetiva)

OS CEM MENORES CONTOS BRASILEIROS DO SÉCULO

01

Ali, deitada, divagou:
se fosse eu,
teria escolhido lírios.

ADRIANA FALCÃO

02

Caiu da escada
e foi para o andar de cima.

ADRIENNE MYRTES

FIM

Corpos se separam.
Ofegantes ainda.
E distantes para sempre.

ALBERTO GUZIK

04

SERÃO

– Você acha poodle inteligente?
– Não para os cargos executivos.

ALEXANDRE BARBOSA DE SOUZA

ARRUDA

– Se for o Capeta,
diz que eu tô no banho.

ANDRÉA DEL FUEGO

O RESTO É LENDA

Depois de expulsá-los,
Deus morreu.

ANDRÉ LAURENTINO

07

PODE

Você pode morrer
a qualquer momento.

ANDRÉ SANT'ANNA

FIM DE PAPO

Na milésima segunda noite,
Sherazade degolou o sultão.

ANTÔNIO CARLOS SECCHIN

09

A BÍBLIA (SPECIAL FEATURES)

Olha, Pai, eu tentei,
mas acho que
não deu muito certo não...

ANTONIO PRATA

10

MAS O RIO CONTINUA LINDO

Pensa o desempregado
ao pular do Corcovado.

ANTÔNIO TORRES

OUTRA VIAGEM

A mala é bem grande,
mas não sei se cabem as pernas.

ARTHUR NESTROVSKI

– Diz que me ama.
– Aí é mais caro.

PAIXÃO

Ela, 46. Ele, 21. Uau!
Só se reviram – fula, lívido –,
fúnebres, no aborto.

BERNARDO AJZENBERG

14

NO EMBALO DA REDE

Vou,
mas levo as crianças.

CARLOS HERCULANO LOPES

15

MODUS VIVENDI

Sempre perde o cinema.
O que junta,
gasta em multa de locadora.

CHICO MATTOSO

16

Uma vida inteira pela frente.
O tiro veio por trás.

CÍNTIA MOSCOVICH

17

Gola, a Giganta,
oferece suas três tetas
para cinco anões cegos.

CLÁUDIO DANIEL

18

ALI

Adormeço entre tuas coxas
e sonho comigo entre tuas coxas.

CLAUDIO GALPERIN

19

GRAVIDEZ

Deu para engordar.

CRISTINA ALVES

– Lá no caixão...
– Sim, paizinho.
– ...não deixe essa aí me beijar.

Botei uma sunga pra apavorar.

22

OFÍCIO

Culpa do cu.

DANIEL PELLIZZARI

23

LIBERTAÇÃO

Tu me geraste em ato carnal.
Te enfio a faca e vivo, enfim.

EDYR AUGUSTO

24

MAIS UM CASO DE VIOLÊNCIA
CHOCA A CIDADE

Otão baeu a Inha.
Uizim, uizim...
Nesão etou. Fudegou ló!
Pô! que coam!

– Morreu de quê?
– Gastou-se.

EUGÊNIA MENEZES

26

Comprar revólver hã se matar?
puh não tinha onde cair morto.

FOSSA

Faço amizade comigo
para tomar uma cerveja.

FUZILAMENTO

O condenado levantou o pé
para evitar a poça d'água.

FABRÍCIO CORSALETTI

CINE MAJESTIC

Comeu a família e foi ao cinema.
Barrado: "Aqui, maneta não entra".

FABRÍCIO MARQUES

SÓ

Se eu soubesse o que procuro
com esse controle remoto…

31

DUELOS

"E agora, eu e você", disse,
sacando o punhal,
na sala de espelhos.

FLÁVIO CARNEIRO

32

PROMETEU ACORRENTADO

Pus minha mão no fogo.
Me queimei.
Livrai-me dos abutres!

FLÁVIO MOREIRA DA COSTA

ACERTO

– Está feito?
– Sim.
– Quem?
– O de treze...
– É?
– Sim.
– E agora?
– O enterro é às cinco.

FRANCISCO DE MORAIS MENDES

O EUTANAZISTA

Não podendo eliminar
o resto da humanidade,
suicidou-se.

35

HEROÍSMO INÚTIL

Quando soltou os pulsos,
o trem já estava em cima.

HENRIQUE SCHNEIDER

Moça de imaginação fértil,
pegou uma gravidez psicológica.

FEIJOADA

Confesso.
Fui eu que enfiei a faca
na barriga desse porco.

IVANA ARRUDA LEITE

VIGÍLIA

Pronto nos olhos,
o pranto só espera a notícia.

JOÃO ANZANELLO CARRASCOZA

O LANHO
OU DESEMBUCETANDO-SE

Esfiapou o da mãe,
da mana, da avó, da filha,
da neta e misoginou-se.

JOÃO FILHO

AEROPORTO

Banheiro na chamada do voo.
Cálculo renal salta. Ele guarda.

JOÃO GILBERTO NOLL

ÁPICE

Diz que é pueril!
Mas depois tudo foi morrendo.
Maricá, 1999.

JOÃO PAULO CUENCA

42

O PESADELO DE HOUAISS

Quando acordou,
o dicionário ainda estava lá.

JOCA REINERS TERRON

– Eu não te amo mais.
– O quê? Fale mais alto,
a ligação está horrível!

JORGE FURTADO

BECO

Exausto.
– Você vai me querer de novo?
– Mais, nunca.
Veneno no batom.

45

A DÍVIDA

Mata o pai,
arromba o cofre,
só uma caixa vazia.

JOSÉ CASTELLO

PACIÊNCIA

Após 3 atropelados,
surge 1 passarela.

Jó ainda tem 5 filhos.

JOSÉ MUCINHO

PACTO

– Aí.
– Aqui?
– É. Enfia. Uh!
– Doeu?
– Doeu. Sangra?
– Bastante. É o fim?
– Já, já.

LAERTE

48

ATRIZ NO DIVÃ

– Doutor, o senhor
já me viu representar?
– Fora daqui?

LIVIA GARCIA-ROZA

49

DESFECHO ROMÂNTICO, ANOS DEPOIS

"Faz um pedido agora, à estrela..."
Lembra? Era eu.

LUÍS AUGUSTO FISCHER

FOME ZERO

– Preciso comer!,
grita no SPA
a mulher de cem quilos.

BOLETIM DE CARNAVAL

– Fui estuprada, vó. Três animais!
– E tu esperava o quê? Um noivo?

LUIZ ROBERTO GUEDES

52

ASSIM:

Ele jurou amor eterno.
E me encheu de filhos.
E sumiu por aí.

LUIZ RUFFATO

O OLHAR

Parecia um iceberg,
era uma baleia branca.

MANOEL CARLOS KARAM

54

AMOR

Maria,
quero caber todo
em você.

MANOEL DE BARROS

55

DISQUE-DENÚNCIA

– Cabeça?
– É.
– De quem?
– Não sei. O dono não tá junto.

MARÇAL AQUINO

PEDOFILIA

Ajoelhe, meu filho.

E reze.

ESSA VIDA É UMA MERDA

Suicidou-se
puxando a descarga.

MARCELO BARBÃO

TORPEDO

– Foda-se!
Bel
21 9957-3280
13/12/03 23:45

L.J.C

– 5 tiros?
– É.
– Brincando de pegador?
– É. O PM pensou que…
– Hoje?
– Cedinho.

– Com este dedo, viu?

– Então se ama, tira a roupa.

A VIAGEM

Fora do ventre,
retraiu por um segundo a face,
que envelhecia.

MARCÍLIO FRANÇA CASTRO

63

XIFÓPAGO

Não tinham o corpo,
mas a alma gêmea.

Nem a morte os separou.

MARCUS ACCIOLY

– Mulher, como estás gorda!
– É... tô comendo o pão que
o Diabo amassou.

MARIA PEREIRA DE ALBUQUERQUE

65

LAST BLUES

Não espalho,
mas ando triste pra caralho.

MÁRIO BORTOLOTTO

CEIA EM FAMÍLIA

– Sempre foi um bom pai.
– Ótimo. Passa um pedaço do fígado.

MAURO PINHEIRO

CREPUSCULAR

Pegou o chapéu, embrulhou o sol,
então nunca mais amanheceu.

MENALTON BRAFF

68

ADEUS

Então disse:
– Viver era isso?
E fechou lentamente os olhos.

MIGUEL SANCHES NETO

EMOCIONANTE RELATO DO ENCONTRO DE
TEODORO RAMIREZ, COMANDANTE DE UM NAVIO MISTO,
DE CARGA, PASSAGEIROS E PESCA, DO CARIBE,
NO MOMENTO EM QUE DESCOBRIU QUE
A BELA TURISTA INGLESA ERA, NA VERDADE,
UMA PERIGOSA TERRORISTA CUBANA, QUE TENTAVA
PENETRAR NUM PORTO DO SUL DA FLÓRIDA,
PARA DINAMITAR A ALFÂNDEGA LOCAL,
E PROCUROU FORÇÁ-LA A FAVORES SEXUAIS

– Capitão, tem que me estuprar em
1/2 minuto; às 8, seu navio explode.

70

TESTE DE VISTA

Ler? Não, senhor.
São óculos para descanso.

MOACYR GODOY MOREIRA

71

Um microconto em 50 letras?
Pior.

A vida toda em 50 letras.

MOACYR SCLIAR

O ESPELHO DE NARCISO

Agora está claro:
quem envelhece sou eu,
não o retrato.

MODESTO CARONE

73

CHICO

– Se atrasa, preocupa.
Quando chega, incomoda.
– Menstruação?
– Meu marido.

NELSON DE OLIVEIRA

BERÇO DE PEDRA

O ódio fica mais jovem a cada dia.

TERRORES NOTURNOS

Abriu os olhos, pulou da cama,
correu até a porta: trancada.

PALOMA VIDAL

76

QUASE QUADRILHA

O araçá caiu com a forca,
pelo ar se desfolhou.

Um pescoço forte.

PAULO RIBEIRO

77

Madrugada.
Ele as esmaga com os pés,
dá-lhes chance de ferroar.

PAULO SCOTT

78

PESO DO MORTO

Noite sem lua. Rasga-mortalha.
– Dorme, pai. Deixa de falar só…

PEDRO SALGUEIRO

QUATRO LETRAS

Nada.

RAIMUNDO CARRERO

PSICONTODÉLICO

– Põe na língua.
– LSD?
– É.
– E o leitor?
– Dê-lhe o fio de Ariadne.

81

METAMORBOFE

Bicha um dia acorda e vira homem.
O pinto nasce depois.

RICARDO SOARES

SUSPENSE

Confesse que nem desconfiava
que o final seria este.

RODRIGO DE FARIA E SILVA

83

(F) ILHA

Cara do pai, coroa.
Nem se imagina
com homem estranho.

RODRIGO LACERDA

MONÓLOGO COM A SOMBRA

Não adianta me seguir.
Estou tão perdido quanto você.

ROGÉRIO AUGUSTO

VOVÔ VÊ A VULVA

– Fugiu pra onde?
– Si...ga... a...que...la... ca...dei...ra... de... ro...dasss...

RONALDO BRESSANE

Quando dei por mim,
já havia esse cárcere.

FUMAÇA

Olhou a casa, o ipê florido.
Tudo para ela.

Suspendeu a mala e foi.

RONALDO CORREIA DE BRITO

A VIDA
NO JOGO DAS APARÊNCIAS

Num suspiro,
vislumbra dois vazios:
começo e fim.

Só tiro o dedo da boca
pra furar os seus olhos.

LEVEDELO

Tão leve que levitava.
Cremado,
pesava que nem chumbo.

SEBASTIÃO NUNES

Bel. em X e Y
c/ * G – Hip.Dot.
BB 100 + prof. D.C. c/ acess.
Ac. Cc/Ch 15d.
$70 + tx
CASAD. INFIEL

ASSÉDIO SEXUAL

Eu vou estar
denunciando o senhor ainda hoje.

E FORAM FELIZES PARA SEMPRE

– É espinha?
– Cravo.
– Posso apertar?
– Não!
(Ploc)
– Ai, que nojo.

94

QUEM

Sim, doutor, estou louco.
Mas quem é esse
que diz estou louco?

SÉRGIO SANT'ANNA

Fechou os olhos
e ficou invisível.

CRIAÇÃO

No sétimo dia, Deus descansou.
Quando acordou, já era tarde.

TATIANA BLUM

97

DIA ZERO

Disse o Homem: haja Deus!
E houve Deus.

WHISNER FRAGA

ROMANCINHO POLICIAL

– Se eu sair desta UTI,
ninguém vai ficar pra saber da história.

BALA PERDIDA

Acorda, levanta, vai ganhar a vida...
(*Disparos*)
...passou tão rápida.

WILSON FREIRE

38

Gago sem álibi cospe lapsos
para o sr. delegado.

MICROBÔNUS

Lygia Fagundes Telles
Reinaldo Moraes
Reynaldo Damazio

Os três microcontos a seguir foram escritos após a publicação da primeira edição da antologia e aqui gentilmente cedidos pelos autores.

01

CONFISSÃO

– Fui me confessar ao mar.
– O que ele disse?
– Nada.

LYGIA FAGUNDES TELLES

02

LÍNGUA MORTAL

Câncer?
Selenium, calêndula, bryonia.
Et requiescat in pace.

REINALDO MORAES

03

PRIMEIRO GRANDE AMOR

– Eva, não vá…

REYNALDO DAMAZIO

Agora escreva você, aqui, um microconto em até 50 letras:

____

____

____

____

____

01 Adriana Falcão (RJ)
02 Adrienne Myrtes (PE)
03 Alberto Guzik (SP)
04 Alexandre Barbosa de Souza (SP)
05 Andréa Del Fuego (SP)
06 André Laurentino (PE)
07 André Sant'Anna (MG)
08 Antônio Carlos Secchin (RJ)
09 Antonio Prata (SP)
10 Antônio Torres (BA)
11 Arthur Nestrovski (SP)
12 Beto Villa (DF)
13 Bernardo Ajzenberg (SP)
14 Carlos Herculano Lopes (MG)
15 Chico Mattoso (SP)
16 Cíntia Moscovich (RS)
17 Cláudio Daniel (SP)
18 Claudio Galperin (SP)
19 Cristina Alves (SC)
20 Dalton Trevisan (PR)
21 Daniel Galera (RS)
22 Daniel Pellizzari (RS)
23 Edyr Augusto (PA)
24 Elvira Vigna (RJ)
25 Eugênia Menezes (PE)
26 Evandro Affonso Ferreira (MG)
27 Fabrício Carpinejar (RS)
28 Fabrício Corsaletti (SP)
29 Fabrício Marques (MG)
30 Fernando Bonassi (SP)
31 Flávio Carneiro (RJ)
32 Flávio Moreira da Costa (RS)
33 Francisco de Morais Mendes (MG)
34 Glauco Mattoso (SP)
35 Henrique Schneider (RS)
36 Índigo (SP)
37 Ivana Arruda Leite (SP)
38 João Anzanello Carrascoza (SP)
39 João Filho (BA)
40 João Gilberto Noll (RS)
41 João Paulo Cuenca (RJ)
42 Joca Reiners Terron (MT)
43 Jorge Furtado (RS)
44 Jorge Pieiro (CE)
45 José Castello (RJ)
46 José Mucinho (SP)
47 Laerte (SP)
48 Livia Garcia-Roza (RJ)
49 Luís Augusto Fischer (RS)
50 Luiz Paulo Faccioli (RS)

51 Luiz Roberto Guedes (SP)
52 Luiz Ruffato (MG)
53 Manoel Carlos Karam (PR)
54 Manoel de Barros (MS)
55 Marçal Aquino (SP)
56 Marcelino Freire (PE)
57 Marcelo Barbão (SP)
58 Marcelo Carneiro da Cunha (RS)
59 Marcelo Coelho (SP)
60 Marcelo Mirisola (SP)
61 Márcia Denser (SP)
62 Marcílio França Castro (MG)
63 Marcus Accioly (PE)
64 Maria Pereira de Albuquerque (PE)
65 Mário Bortolotto (PR)
66 Mauro Pinheiro (RJ)
67 Menalton Braff (SP)
68 Miguel Sanches Neto (PR)
69 Millôr Fernandes (RJ)
70 Moacyr Godoy Moreira (SP)
71 Moacyr Scliar (RS)
72 Modesto Carone (SP)
73 Nelson de Oliveira (SP)
74 Newton Moreno (SP)
75 Paloma Vidal (RJ)
76 Paulo Ribeiro (RS)
77 Paulo Scott (RS)
78 Pedro Salgueiro (CE)
79 Raimundo Carrero (PE)
80 Ricardo Corona (PR)
81 Ricardo Soares (SP)
82 Rodrigo de Faria e Silva (SP)
83 Rodrigo Lacerda (RJ)
84 Rogério Augusto (SP)
85 Ronaldo Bressane (SP)
86 Ronaldo Cagiano (MG)
87 Ronaldo Correia de Brito (CE)
88 Roniwalter Jatobá (SP)
89 Santiago Nazarian (SP)
90 Sebastião Nunes (MG)
91 Sérgio Fantini (MG)
92 Sérgio Móia (PB)
93 Sérgio Roveri (SP)
94 Sérgio Sant'Anna (MG)
95 Tony Monti (SP)
96 Tatiana Blum (SC)
97 Whisner Fraga (DF)
98 Wilson Bueno (PR)
99 Wilson Freire (PE)
100 Xico Sá (PE)

Microbônus

01 Lygia Fagundes Telles (SP)
02 Reinaldo Moraes (SP)
03 Reynaldo Damazio (SP)

A **COLEÇÃO 5 MINUTINHOS**® é uma criação da EDITH, parceira da Ateliê Editorial nesse projeto.

Mais informações e contato, acesse:
www.visiteedith.com

Um microabração a todos os autores
que toparam participar dessa antologia.

E também a Marquinhos, da Mercearia
São Pedro, na Vila Madalena – reduto
de boa parte dos escritores aqui presentes.

São Paulo – SP – Brasil
Primeira edição – Abril de 2004
Segunda edição – Maio de 2004
Terceira edição – Setembro de 2008
Quarta edição – Setembro de 2014
Quinta edição – Junho de 2018
Sexta edição – Maio de 2023

Formato: 10 x 12,7 cm
Papel: Pólen Bold 90g/m² (miolo)
Impressão e Acabamento: Ipsis